KU-622-800

- HERGÉ -

LES AVENTURES DE TINTIN

TINTIN ET LES PICAROS

CASTERMAN

Les Aventures de TINTIN et MILOU
ont paru dans les langues suivantes:

afrikaans:	HUMAN & ROUSSEAU	Le Cap
allemand:	CARLSEN	Hamburg
alsacien:	CASTERMAN	Paris/Tournai
anglais:	METHUEN	Londres
	LITTLE BROWN	Boston
arabe:	DAR AL-MAAREF	Le Caire
asturien:	JUVENTUD	Barcelone
basque:	ELKAR	San Sebastian
bengali:	ANANDA	Calcutta
bernois:	EMMENTALER DRUCK	Langnau
breton:	AN HERE	Quimper
bulgare:	RENAISSANCE	Sofia
catalan:	JUVENTUD	Barcelone
chinois:	EPOCH PUBLICITY AGENCY	Taipei
coréen:	COSMOS	Séoul
corse:	CASTERMAN	Paris/Tournai
danois:	CARLSEN	Copenhague
espagnol:	JUVENTUD	Barcelone
espéranto:	ESPERANTIX	Paris
	CASTERMAN	Paris/Tournai
féroïen:	DROPIN	Thorshavn
finlandais:	OTAVA	Helsinki
français:	CASTERMAN	Paris/Tournai
frison:	AFUK	Ljouwert
galicien:	JUVENTUD	Barcelone
gallo:	RUE DES SCRIBES	Rennes
gallois:	GWASG Y DREF WEN	Cardiff
grec:	MAMOUTH	Athènes
hébreu:	MIZRAHI	Tel Aviv
hongrois:	EGMONT	Budapest
indonésien:	INDIRA	Djakarta
iranien:	UNIVERSAL EDITIONS	Téhéran
islandais:	FJÖLVI	Reykjavik
italien:	COMIC ART	Rome
japonais:	FUKUINKAN	Tokyo
latin:	ELI/CASTERMAN	Recanati/Paris-Tournai
luxembourgeois:	IMPRIMERIE SAINT-PAUL	Luxembourg
malais:	SHARIKAT UNITED	Pulau Pinang
néerlandais:	CASTERMAN	Dronten/Tournai
norvégien:	SEMIC	Oslo
occitan:	CASTERMAN	Paris/Tournai
picard tournaisien:	CASTERMAN	Paris/Tournai
polonais:	EGMONT	Varsovie
portugais:	VERBO	Lisbonne
romanche:	LIGIA ROMONTSCHA	Cuira
russe:	CASTERMAN	Paris/Tournai
serbo-croate:	DECJE NOVINE	Gornji Milanovac
slovaque:	EGMONT	Bratislava
suédois:	CARLSEN	Stockholm
tchèque:	EGMONT	Prague
thaï:	DUANG-KAMOL	Bangkok
turc:	YAPI KREDI YAYINLARI	Beyoglu-Istambul
tibétain:	CASTERMAN	Paris/Tournai

ISSN 0750-1110

Copyright © 1949 by Casterman
Library of Congress Catalogue Card Number Afo 12493

Copyright © renewed 1977 by Casterman
Library of Congress Catalogue Card Number R 674820

All rights reserved under International,
Pan-American and Universal Copyright Conventions.
No portion of this book may be reproduced by any process
without the publisher's written permission.

*Droits de traduction et de reproduction réservés pour tous pays. Toute reproduction, même partielle,
de cet ouvrage est interdite. Une copie ou reproduction par quelque procédé que ce soit, photo-
graphie, microfilm, bande magnétique, disque ou autre, constitue une contrefaçon passible des peines
prévues par la loi du 11 mars 1957 sur la protection des droits d'auteur.*

ISBN 2 203 00113 5

http://www.casterman.com

TINTIN
ET LES
PICAROS

Ah! vous voilà rentré!... Venez, que je vous lise ce que je découvre à l'instant dans le dernier "Paris-Flash"...

La célèbre cantatrice Bianca Castafiore poursuit actuellement sa tournée triomphale en Amérique du Sud. Après l'Équateur, la Colombie et le Venezuela, elle se rendra au San Theodoros, où elle sera reçue par le général Tapioca.

Ce général Tapioca, c'est bien lui, n'est-ce pas, qui a renversé notre vieille connaissance Alcazar?...

Oui, avec l'aide de la Bordurie de Plekszy-Gladz. On dit que c'est un véritable tyran, ce Tapioca, cruel et vaniteux...

...vaniteux au point d'avoir débaptisé la capitale, Las Dopicos, pour lui donner son nom à lui: Tapiocapolis. Quant à ce pauvre Alcazar, il a pris le maquis avec une poignée de partisans.

Ah! oui, les fameux "Picaros"!

Oui, les "Picaros". C'est le nom de ces guérilleros qui ont juré de renverser Tapioca et son régime. Ils sont soutenus, dit-on, par une autre grande puissance, commerciale et financière celle-ci là: l'International Banana Company... Un bel imbroglio, comme vous voyez!

Mais c'est une véritable petite conférence que vous venez de faire là, Tintin!... J'en ai soif pour vous!... Un whisky?...

Non, non, merci. Jamais d'alcool, vous savez bien.

Alors, à votre santé!

PFOUAH!

①

ORRRING

ORRRING

Allô?... Oui... QUI?...

Lampion, oui... Salut! Dis donc, je viens de voir la Castagnette à la télé. Et c'est ainsi que j'apprends que sa quincaillerie est maintenant assurée, et ça pour une fortune!...

Alors, je trouve que tu aurais pu t'arranger pour que ce soit moi qui aie l'affaire... Ce n'est vraiment pas la peine d'avoir des amis s'ils vous laissent tomber à la première occasion... Tatata... Quand on veut rendre service à quelqu'un, on en trouve toujours le moyen!... Oui, parfaitement!... Voilà ce que je dis, moi. De plus...

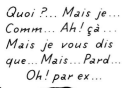

Quoi?... Mais je... Comm... Ah! ça... Mais je vous dis que... Mais... Pard... Oh! par ex...

Et puis, flûte, à la fin!... Non mais sans blague!...

CLAC

Ça c'est un comble!... C'est moi qui me fais enguirlander par cet animal de Lampion parce que ce n'est pas lui qui a assuré les bijoux de la Castafiore!

PFOUAH!

Mille milliards de mille sabords!... PFFF! quel poison !...

POISON ???

Voyons, capitaine, qui donc cherche-rait à vous empoisonner?... Vous avez bien quelques ennemis, sans doute, mais pas acharnés à ce point-là!...

Possible!... Mais je me sens tout chose, moi!...

Mais qu'est-ce qu'il a, ce whisky?... Je ne le trouve pas mauvais, moi.

Allez vous étendre, capi-taine: ça va passer.

Allons, bonne nuit! Ça ira mieux demain!

Je me demande tout de même si...

MILOU!

③

Incorrigible Milou! tu as bu le whisky répandu à terre!...

Ben quoi?... Qu'est-ce que vous lui reprochez, vous, à ce whisky?...

HIC

De toute manière, c'est bien la preuve qu'il n'est pas empoisonné.

Allons, au dodo, ivrogne! Allez cuver votre boisson!

HIC

Drôle de mine, ce matin... C'est sûrement ce fichu whisky que j'ai ingurgité hier

Oh! et puis zut, tant pis!... Et d'ailleurs, c'est l'heure des informations.

...aucun communiqué n'a été publié à l'issue de la réunion... Tapiocapolis: La célèbre cantatrice Bianca Castafiore, qui donnait hier soir une soirée de gala à laquelle assistait le général Tapioca...

...a été arrêtée à l'issue de la représentation. Les autorités santhéodoriennes se refusent à tout commentaire.

Tintin!... Tintin!... Il vient d'en arriver une bien bonne au général Tapioca!...

Il a fait arrêter la Castafiore, le pauvre homme!... Qu'est-ce qu'il s'est fourré là sur les bras!?!...

La Castafiore?... Arrêtée?... Non!...

Comme je vous·le dis: arrêtée à l'issue d'une représentation de gala... C'est renversant, non?...

D'une certaine manière, oui...

Tintaine!... Capitin!... C'est affreux!... C'est terrible!...

Lisez!... Dans la "Dépêche" de ce matin!... Bianca Castafiore a été arrêtée!...

Il y a des détails?...

En prison!... Cette pauvre enfant!...Moi, ça m'a coupé bras et jambes!

GROUAHH!

Écoutez-moi ça, Tintin : c'est du plus haut comique !

Allez-y, je vous écoute.

...CCUSÉE D'AVOIR PRÉPARÉ UN

...A CASTAFIORE EST ARRÊT

Accusée de complot contre la vie du gén Tapioca, la célèbre tatrice est arrêtée Services de Sécu San Theodoros. Ses compagnons tournée ont ég été appréhen Les autorité ont pris des ... r mett

...Une perquisition a permis de découvrir dans ses bagages des documents qui établissent de façon irréfutable l'existence d'un complot visant à supprimer le général Tapioca et à renverser le régime...

...Le gouvernement santhéodorien laisse entendre que le centre de ce complot se situerait dans un pays d'Europe occidentale où la diva aurait séjourné avant son départ pour l'Amérique du Sud.

Mais c'est du roman-feuilleton, ça !...

La Castafiore, conspiratrice !!!... Si, au moins, c'était la conspiration du silence !...

DONG

Pardon, monsieur, il y a en bas deux journalistes qui demandent si Monsieur peut les recevoir.

Déjà ?!

Bon. Le temps de passer une robe de chambre, et je suis à eux.

Ah! messieurs Jean-Loup de la Batellerie et Walter Rizotto, de "Paris-Flash"!... En quoi puis-je vous être utile ?...

Bonjour, capitaine. Veuillez nous excuser d'arriver si tôt, mais nous voulions être les premiers à vous demander ce que vous pensez de l'affaire Castafiore.

Ce que j'en pense ?... C'est bien simple !...

Je trouve cela de la pure bouffonnerie !... Accuser la Castafiore de complot, c'est parfaitement ridicule !

Oui, mais les accusations que l'on porte contre vous, qu'en dites-vous ?...

Des accusations contre MOI ???...

Ah! vous n'êtes pas encore au courant ?... Voici "La Vérité" de ce matin. Lisez...

?

Pas possible !...Ils sont complètement timbrés ou quoi, ces tapioquistes ?...

Ah! c'est vous...Tenez, lisez ceci! Ça vous concerne également.

Moi ?

Oui, vous ! Lisez...

courage dont nous ressentons encore les bienfaits.

L'AFFAIRE CASTAFIORE

NOUVELLES ACCUSATIONS DU GOUVERNEMENT DU GÉNÉRAL TAPIOCA

Le complot était dirigé de Moulinsart (Europe occidentale) par des partisans du général Alcazar, déclare-t-on dans les milieux autorisés de Tapiocapolis. Parmi les principaux conjurés : le capitaine Haddock, Tintin le reporter, le professeur Tournesol. Tous trois sont des amis de longue date du général Alcazar. La Castafiore a séjourné récemment au château de Moulinsart...

ASSEMBLÉE NATIONALE

Qu'est-ce que c'est que ça ?... Une histoire de fous ?...

En voilà une question !

Donc, vous démentez ?

Bien sûr que nous démentons !... Tout ça, ce sont des histoires à la graisse de trombone à coulisse !...

DONG ?

Salut, galopin !

"La Dépêche"! Bonjour...

? !? ?

Quelques mots pour Radio-Centre, capitaine...

...et pour Radio-Éclair...

Messieurs, je considère que ces accusations sont aussi grotesques que mensongères ! Nous, des conjurés ?... Mais c'est de la folie pure !

Soyez sérieux ! Voici justement le professeur Tournesol. Regardez-le et dites-moi si vous le croyez capable de prendre part à un complot ?

Mais parfaitement, môssieu ! Et je m'en vante !...

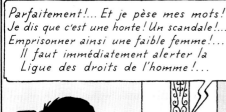

Eh bien, Nestor ?...

Je... hem... précisément, je m'assurais que c'était bien du "Loch Lomond", comme d'habitude.

Et votre conclusion, mon ami ?...

C'est du "Loch Lomond", monsieur. Sans aucun doute.

Je n'y comprends rien, mais alors rien du tout !

Et le soir...

Vous ne feriez pas un dernier petit essai ?

Oh, non !... Ça suffit comme ça ! Qu'on ne me parle plus de whisky !

Si vous êtes déprimé, si le temps vous semble long, un seul remède...

Ah, oui ?

LOCH LOMOND

Pas possible, "ils" le font exprès !... C'est un complot !

Chut, à propos de complot, écoutez...

... et, en tête de ce journal, revenons à ce que l'on nomme déjà l'affaire Castafiore et aux réactions qu'elle suscite dans le monde, principalement au San Theodoros. C'est là, évidemment, que le ton est le plus violent. Déjà, on peut en juger par quelques extraits du discours prononcé par le général Tapioca...

... à Tapiocapolis, et dans lequel il s'en est pris à ceux qu'il appelle les "conjurés d'opéra-comique".

... Et qu'ils tremblent, ceux qui lâchement terrés dans leur château poussiéreux ...

... tirent les ficelles de cet odieux complot !... Qu'il tremble, cet infâme capitaine Haddock !... Qu'ils tremblent, le fielleux Tintin et le fourbe Tournesol !...

Fourbe toi-même, eh ! patate !... Fielleux, pas tant que toi, espèce de marchand de guano !

Je m'en vais lui dire ma façon de penser, moi, à ce Mussolini de carna-val !...

Mais...

Allô, service international ?... Veuillez me donner l'Amérique du Sud... Tapiocapolis ! Le général Tapioca ! Comment ?... Tapioca, oui, comme du tapioca, parfaitement !...

C'est que, monsieur, nous ne vendons pas de tapioca ici. C'est une boucherie, ici, monsieur ! La boucherie Sanzot !... De rien, monsieur...

Mille millions de mille sabords ! c'est toujours sur ce numéro-là que je tombe...

Pourquoi ne pas envoyer plutôt un télégramme ?

Un télégramme !... Vous avez raison !... C'est une bonne idée, ça, un télégramme...

Attendez, je vous donne le numéro...

Et quelques minutes plus tard...

Je relis : Général Tapioca, Tapiocapolis, San Theodoros. Le texte : Profondément indignés par accusations mensongères portées contre nous Stop Opposons démenti formel et cinglant Stop. Pas de formule de politesse. Signatures : Haddock Tintin et Tournesol.

Très bien, je vous remercie.

Télégramme de luxe, monsieur ?

PAS UN PEU FOU, NON ?

Le lendemain...

LA DÉPÊCHE

HADDOCK :
JE NIE ÉNERGIQUEMENT TOUTE PARTICIPATION A UN COMPLOT QUELCONQUE.

TAPIOCA :
NOUS AVONS DES PREUVES IRRÉFUTABLES DE LA COLLUSION DES CONJURÉS DE MOULINSART AVEC L'INTERNATIONAL BANANA COMPANY.

Général Tapioca, Tapiocapolis. Ah ! vous connaissez... Bon, voici le texte... Euh... Vous ferai un jour rentrer mensonges... Oui, au pluriel... Dans gorge, fieffé menteur Stop Finirez (e z, n'est-ce pas, z comme zigomar !) finirez vos jours sur l'échafaud Stop.

Le surlendemain...

LA DÉPÊCHE

LE GÉNÉRAL **TAPIOCA** OFFRE AU COMMODORE **HADDOCK** L'OCCASION DE S'EXPLIQUER LOYALEMENT À TAPIOCAPOLIS.

Au cours d'une conférence de presse, le général Tapioca a déclaré qu'il allait inviter le commodore Haddock et ses amis à venir s'expliquer loyalement avec lui à Tapiocapolis. En cas d'accord, chacun d'eux, par l'intermédiaire de l'ambassade, recevra un sauf-conduit. Une seule chose compte, a assuré le général la recherche de la vérité.

Au fond, ce n'est pas un mauvais bougre, ce général... Et j'ai bien envie d'accepter son offre ! Comme ça, au moins, notre bonne foi éclatera au grand jour !

Oui, ou bien nous nous retrouverons tous en prison, comme Bianca Castafiore. Merci bien...

Oh ! vous, toujours méfiant !... Puisque nous aurons un sauf-conduit...

Tout ça ne me dit rien qui vaille, capitaine. Ce sauf-conduit pourrait bien n'être qu'un attrape-nigaud !...

OOOH !

Vous avez vu? On nous invite là-bas!... Il faut y aller, capitaine !

?

Ah oui, pour se retrouver en prison, comme votre Bianca !... Tout cela est cousu de fil blanc, mon pauvre ami, et leur sauf-conduit, c'est un attrape-nigaud !

Bravo!... Voilà qui est parler!... Je fais mes bagages et nous partons!...

Le lendemain...

LA DÉPÊCHE

HADDOCK ET SES AMIS RÉPONDRONT-ILS À L'INVITATION DU GÉNÉRAL TAPIOCA?

Le jour suivant...

LA DÉPÊCHE

NON

DIT LE **CAPITAINE HADDOCK.** JE N'IRAI PAS À TAPIOCAPOLIS.

Encore un jour après...

LA DÉPÊCHE

HADDOCK SE DÉROBE : LA VÉRITÉ LUI FAIT PEUR, DÉCLARE LE GÉNÉRAL TAPIOCA...

Ah! je me dérobe !...Ah! la vérité me fait peur !... Eh bien, il va voir de quel bois je me chauffe, cette espèce d'apprenti dictateur à la noix de coco !...

Du calme, capitaine...

Du calme!...Du calme!... Je voudrais vous y voir, vous ! Du calme non mais...

Ah! il me met au défi, cet ostrogoth ! Eh bien, on va voir ce qu'on va voir !...

Allô, télégramme?!... Oui...oui, parfaitement, pour le général Tapioca. Je dicte...

Envoyez sauf-conduits (au pluriel, sauf-conduits) Stop Arrivons par retour du courrier...Signé: Haddock... Bon...Non, télégramme ordinaire !!!

Voilà, le sort en est jeté !... Il va trouver à qui parler, ce grotesque polichinelle... En route, Tintin, nous par-   tons!...

Vous partez peut-être, capitaine ! Mais moi, je ne pars   pas !!!...

??

Qu'est-ce que vous me chantez là?

Je dis que je ne pars pas, capitaine. Libre à vous de tomber dans le piège qu'on essaye de nous tendre: mais pour moi, c'est "NIET"!

Oh! vous et votre méfiance! C'est une véritable maladie! A vous croire, il n'y aurait au monde que des forbans et des scélérats!... Et pourquoi ce général Tapioca ne serait-il pas un brave homme?... Hein, pourquoi, je vous le demande?

C'est fort possible, mais...

...je persiste à croire qu'on cherche à nous attirer là-bas! Dans quel but, je l'ignore, mais ça sent le traquenard à plein nez!

Ah! c'est comme ça?...

Eh bien, restez ici, espèce de tête de mule! Restez à vous dorloter, les pieds bien au chaud dans vos pantoufles! Tournesol et moi, nous irons là-bas défendre notre honneur – et le vôtre! – contre cette bande de zapotèques de tonnerre de Brest! Voilà!...

Hem...

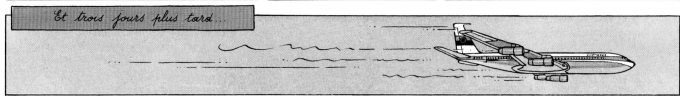

Et trois jours plus tard...

Mesdames et messieurs, dans quelques instants nous atterrirons à Tapiocapolis. Veuillez attacher vos ceintures et cesser de fumer...

Attachez votre ceinture, professeur.

Une tache de peinture?... Où ça?..

VIVA TAPIOCA

Vous avez vu ? Nous allons tomber en plein dans la semaine du fameux carnaval de Tapiocapolis...

La police ???

"Avec la participation de nombreux groupes étrangers et notamment..."... Regardez ! un groupe bien de chez nous : "Les Joyeux Turlurons" !

Des macarons ? Tiens, tiens...

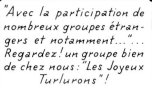

Ah ! ah ! voilà le comité d'accueil !

Commodore Haddock ?

Euh... capitaine seulement... euh...

Trop modeste : ici, un homme de votre valeur serait amiral !...Je me présente : colonel Alvarez, aide de camp de Son Excellence le général Tapioca.

Enchanté.

Professeur Tournesol, je présume ?... À vous aussi, bienvenue dans notre pays !...

Je regrette, militaire, mais je refuse de serrer une main qui foule aux pieds les droits imprescriptibles de la personne humaine !...

Je...hem...c'est une plaisanterie, naturellement !...En réalité, le professeur est encore légèrement grippé !... Alors, la contagion...hem...vous.. vous saisissez ?...

Ah mais !

Parfaitement capitaine...

Et voilà notre jeune ami Tintin, sans doute ?...

Bienvenue au San Theodoros, mon jeune ami...

Il y a erreur, colonel...

Oui, nous on est les Jolly Old Fellows... On vient pour le carnaval.

Et Tintin alors, où est-il ?

Eh bien... euh... je... Il n'a pas pu venir... La grippe, lui aussi... Asiatique, comme de juste... Alors, par crainte de la contagion, vous comprenez...

Oui, oui, je comprends fort bien...

Veuillez prendre place, messieurs...

PIOU PIOU PIOU

Le général ne pourra malheureusement pas vous accorder une audience avant deux ou trois jours : il a dû partir pour une tournée d'inspection dans le Nord et il vous prie de bien vouloir l'excuser...

C'est précisément la question que j'allais vous poser, monsieur l'officier.

Quelle question, señor professeur ?

Ce n'est pas une réponse, ça, militaire !... Je vous demande où est Mme Castafiore, dont le moral doit être au plus bas, j'en suis sûr, la pauvre petite...

Au contraire, je puis vous assurer, cher professeur, que le moral de cette charmante personne est excellent !...

Pour Ceylan ?... Elle est partie pour Ceylan ?... Vous vous moquez de moi ?...

Mais non, professeur, je vous dis qu'elle est enchantée de son séjour au San Theodoros...

...et moins cuites, mes pâtes, la prochaine fois !...

Ah! voilà sans doute notre hôtel?...

Non, señor commodore, nous avons pensé que vous préféreriez le calme de la campagne à l'agitation de la ville. D'autant plus que le carnaval va bientôt commencer...Et il y aura tant de bruit ici, le jour comme la nuit, que vous ne pourriez fermer l'œil...

Savez-vous qu'un groupe de vos compatriotes participe aux festivités, cette année?..

Oui, les Joyeux Turlurons, j'ai vu ça...

Et une demi-heure plus tard...

Voilà, nous arrivons...

Diable! nous sommes bien gardés...

Simple mesure de précaution...Ah! oui, la piscine se trouve de l'autre côté...

Et Tintin qui se méfiait!...

Et voici vos appartements, señor commodore: j'espère que vous vous y plairez...

J'en suis sûr...

Bien entendu, un domestique sera à votre disposition pendant toute la durée de votre séjour...

Trop aimable, colonel.

Tenez, le voilà justement!

?

Il vous est d'avance tout dévoué. N'est-ce pas, Manolo ?...

C'est gentil, ça, Manolo...

MMH !

Quelle face de brute !

Et maintenant, je vous laisse. Demain matin, à dix heures, je viendrai vous chercher pour la visite de la ville et des environs. Bonne nuit !

Bonne nuit, colonel !

Salut, Manolo. Et n'oublie pas les consignes !

Quel accueil, n'est-ce pas, mon vieux Tryphon ! Allons, ne faites pas cette tête : tout va s'arranger très vite ! Et votre chère Bianca sera probablement remise en liberté dès demain.

Un bain ?... C'est une bonne idée, ça. Je vais faire comme vous.

Ces gens sont vraiment charmants ! Et ce colonel Alvarez, quelle amabilité, quelle prestance, quelle distinction !...

Au ministère de l'Intérieur !

À vos ordres, mon colonel.

Et quelques minutes plus tard...

Bonsoir, colonel... Le colonel est-il là ?...

Le colonel Esponja vous attend, colonel.

Mission remplie, mon colonel : tout est en place et les circuits sont branchés. Seulement...

Un instant, colonel : nous allons vérifier si tout fonctionne bien.

Oui, mon colonel, mais avant tout, je voulais vous dire...

Oui, oui, tout à l'heure, colonel, tout à l'heure...

Ah ! il vient de découvrir le bar !...

Hoho! du "Loch Lomond"... Ils font bien les choses, ces braves Tapioquistes!

SNiFF

PFOUAH!

Tiens, ça n'a pas l'air de lui plaire... On nous avait pourtant assuré que c'était son whisky préféré!

Incroyable!... Ça continue!... Comment se fait-il que je ne supporte plus le whisky?

Essayons quelque chose d'autre... Du gin, par exemple.

PFOUAH!

Il n'aime pas ça non plus? Tant pis pour lui!... Circuit n°2 à présent!...

Mon colonel, il faut que je vous dise...

Ah! le voilà, celui-là! Dommage qu'il n'ait pas accepté de travailler pour nous!... Mais, qui sait, peut-être changera-t-il d'avis un jour...

Bon, le circuit n°3, maintenant...

C'est que, mon colonel...

C'est que quoi, colonel?...

Le n°3 n'est pas arrivé, mon colonel...

Pas arrivé!... Qu'est-ce que vous me chantez là?... Où est-il, alors?

Il n'a pas quitté l'Europe, mon colonel. Le n°1 m'a dit qu'il était grippé et que...

Et c'est maintenant que vous me dites ça... Par les moustaches de Plekszy-Gladz!!

Grippé!... Il se sera méfié, oui!... Mais il faut absolument qu'il vienne... Et d'ailleurs, comme je le connais, il viendra de toute façon!...

Bon, je vais réfléchir. En attendant, faites patienter les deux autres. Dites-leur que je suis grippé, moi aussi, que la Castafiore a une extinction de voix, dites-leur n'importe quoi, pour gagner du temps...

Bien, mon colonel.

Pendant ce temps...

Quelle belle soirée... Il doit faire merveilleux dehors...

Eh bien quoi, c'est rouillé?

Cette espèce de...sacr... fichue espagnolette!

CRAC

Mille milliards de mille sabords! Ça n'arrive qu'à moi, des choses pareilles!...

Que pasa?

Que pasa?... Que pasa que j'ai essayé d'ouvrir cette satanée fenêtre!... Et rengainez votre artillerie, s'il vous plaît: ça part vite, ces machins-là!...

Inutile d'ouvrir, señor, l'air est conditionné...

C'est bien possible, mais moi, l'air en conserve, je n'aime pas ça!... Veuillez ouvrir la fenêtre, por favor!

Les fenêtres, elles ne s'ouvrent pas, señor!...Buenas noches!

DZING

Merci, mon ami, mais je ne vous en demandais pas tant!

Bientôt fini de jeter des armes par les fenêtres, vous autres ?

?

C'est à vous ça, oui ?

Oui, c'est à moi!...Excusez-moi... Euh...c'est un petit accident...

Je...hem... je vais donner un coup de balai...

C'est ça, faites, mon garçon...

Ah! et maintenant, une bonne... pipe!

Il me semblait pourtant avoir encore...

...un paquet de tabac quelque... part...

Pas dans la poche de mon veston non plus! Çà alors!...

Oh! je crois me souvenir! J'ai dû l'oublier dans l'avion, mille sabords!...

Tant pis! je vais aller en acheter...

Hé! señor, où allez-vous ?

Moi ?

Je n'ai plus de tabac: je vais en acheter.

Demain, señor!

Vous irez en acheter demain. Aujourd'hui, il est trop tard!

Trop tard?...Mais il est à peine huit heures!...

Halte, señor! Remontez dans votre... chambre!

?

Mille millions de mille sabords! Vous osez m'interdire de sortir?... Moi, l'invité du général Tapioca!...

Pas sortir, señor.

Pas sortir ce soir, señor!... Demain... Ce soir, trop tard...

Et pourquoi donc, s'il vous plaît?... Je suis trop jeune pour sortir le soir?...

Non, señor, mais...euh...Il arrive parfois que les Picaros fassent une incursion dans le quartier... Alors, vous comprenez, pour votre sécurité...

Demain, Excellence...Demain, nous apporterons du tabac à Votre Excellence...

Pas question!...Je veux l'acheter moi-même, mon tabac!

Comme vous voudrez, Excellence... Buenas noches, Excellence...

...soir!

BLAM

C'est ce bougre de Tintin qui avait raison, tonnerre de Brest!... La cage est dorée...

...mais nous sommes bel et bien prisonniers!

Ah! vous voilà, capit...

PLAF

Quand donc cesserez-vous de vous conduire comme un enfant?

Le lendemain matin...

TOC TOC TOC

...MMMH...oui...
...trez!

Buenos dias, Excellence...
Votre tabac, Excellence.

Mon tabac...
Quoi, mon tabac?...
Quel tabac?...

Le tabac que vous réclamiez hier soir, Excellence.

Je vous ai dit que j'irais l'acheter moi-même, tonnerre de tonnerre de Brest!... Moi-même, vous entendez!...

Bien, Excellence. Je vais faire préparer l'escorte, Excellence...

L'escorte? Une escorte pour aller acheter du tabac?...

Oui, Excellence, une escorte...C'est obligatoire...A cause des terroristes, vous comprenez: les Picaros...

PIOU PIOU PIOU

Et une heure plus tard...

Ah! vous voilà revenu!... Figurez-vous que Tintin...

Tintin?... Il a rudement bien fait de rester à Moulinsart!

C'est lui qui avait raison: nous sommes tout bonnement prisonniers!

Je le reconnais: ces gens-là ont vraiment le sens de l'hospitalité... C'est ce que je viens de lui dire...

...et il est tout à fait de mon avis.

QUI est de votre avis ???... Et à propos de QUOI ???

Parfaitement, et il vous le dira d'ailleurs lui-même!...

N'est-ce pas, mon jeune ami?

Buenos dias, capitaine!

Tintin, au nom du ciel, d'où sortez-vous?!...

Eh bien, j'arrive tout droit de Moulinsart!... Ça n'a pas l'air de vous faire plaisir!

Malheureux, pourquoi n'êtes-vous pas resté là-bas?...

Disons que je m'ennuyais de vous, capitaine...

...et de vous aussi, professeur, naturellement.

Oh! moi, vous savez, la politique ...

À peine étiez-vous partis que je me suis reproché de ne pas vous avoir accompagnés. J'ai pensé à tous nos amis en prison, qu'il fallait essayer de sauver... Alors, j'ai pris l'avion...C'est tout simple...

Et c'est idiot!...

Car c'est vous qui aviez raison! Figurez-vous que...

Chut!

Oh! vous avez là un disque que j'adore!... Vous permettez, capitaine?

AH! JE #RIS

Vous êtes fou, ou quoi?

Venez, je vais vous montrer quelque chose...

Quoi donc ?

Là, regardez !...

Un micro !... Ah ! les bandits !...

Et là, un autre !... C'est truffé de micros, capitaine !...

Et je suis sûr qu'il y a des caméras dissimulées dans tous les coins... J'en mettrais ma main au feu...

Derrière un miroir sans tain, par exemple, comme celui-ci l'est peut-être...

Eh ! eh ! pas bête du tout, ce garçon...

Pas bête ! Mais, comme je l'avais prévu, ça ne l'a pas empêché de tomber, lui aussi, dans le piège que je leur avais tendu...

Un piège, mon colonel ?...

Un piège, oui... Voyez-vous, lorsque j'étais encore chef de la police à Szohôd, avant d'être désigné par le général Plekszy-Gladz comme conseiller technique auprès du général Tapioca... (1)

... ces trois hurluberlus m'ont fait subir un cuisant échec !...

Un échec, vous, mon colonel ?

Oui, un échec...

... que je ne leur ai jamais pardonné...Mais le hasard fait parfois bien les choses... Et lorsque j'ai appris que Bianca Castafiore entreprenait une tournée en Amérique du Sud...

(1) Voir "L'Affaire Tournesol".

...j'ai immédiatement compris le parti que je pourrais tirer de la situation. Il m'a suffi de l'arrêter, après avoir fait glisser de faux documents compromettants dans ses bagages, et j'ai pu ainsi monter...

... de toutes pièces, une prétendue conspiration contre le général Tapioca... Il n'y avait plus qu'à donner une dimension internationale à cette affaire !... Bien imaginé, non ?...

Mais quand va-t-on enfin le rencontrer, ce bougre de général Tapioca ?... Car enfin, c'est bien pour le voir que nous sommes ici !

Au lieu de ça, voilà trois jours qu'on nous trimbale du Musée ethnographique à la maison natale du Libertador, le général Olivaro...

POP

... puis au zoo, puis à la cathédrale de la Santisima Virgen de la Inmaculada Concepcion... Et demain, que va-t-on encore nous montrer ?

!

Une manufacture de confettis pour le carnaval ?... Ou une fabrique de sombreros ?... Ou quoi d'autre ?...

?+?+?

BÊÊÊK !

Mais qu'est-ce qui m'arrive, mille milliards de mille sabords ?... Comment se fait-il que je ne supporte plus une seule goutte d'alcool !

TOC TOC TOC

Entrez !

Hé ! Hé !

TOC TOC TOC

OUI ! ENTREZ !

Buenas tardes, señores...

Tiens, ce n'est pas la voix de Manolo ?...

Les journaux du soir, señores...

PABLO !?! (1)

Ça, par exemple ! en voilà une surprise !... Je...

Chut !

(1) Voir "L'Oreille cassée".

23

Bonsoir, señores. Je m'appelle Pablo et je suis chargé de remplacer Manolo, qui a eu un petit accident ce matin...

ÇA ?...

...Rien de grave, heureusement: une simple entorse!

OUI ?...

...Il reprendra son service dans quelques jours.

O.K.!

Ne perdons pas de temps, amigos! Votre vie est en danger!

Notre vie ?

En danger ?

Oui. Après-demain, un commando de Picaros-mais de faux Picaros-simulera une attaque contre cette villa. Et comme par hasard, au cours du combat, vous serez tués tous les trois !...

Quoi ?

Version officielle: les Picaros auront tenté de vous enlever !...

Mais enfin, pourquoi toute cette comédie ?... Et qui donc veut notre mort ?...

Savez-vous qui dirige la police d'État, dans ce pays ? Non ?... Eh bien, c'est le colonel Esponja, de son vrai nom: Sponsz.

Sponsz !!!

Qui était chef de la police à Szohôd ? (1)

Lui-même, qui a été "prêté" au général Tapioca pour réorganiser la police d'État du San Theodoros et qui, apprenant l'arrivée de la Castafiore, a imaginé toute une mise en scène destinée à vous supprimer...

Heureusement pour vous, les Picaros et leur chef Alcazar ont des yeux et des oreilles partout. Alors, voilà comment nous allons faire: demain, le colonel Alvarez vous emmènera en excursion à Trenxcoatl, où il y a une belle pyramide paztèque...

Vous y monterez avec moi. Les soldats, eux, se contenteront d'encercler la pyramide. À ce moment, un commando de Picaros -de vrais Picaros, cette fois!-déclenchera une fusillade du côté nord de la pyramide...

Ah! ah! ah! j'en ris encore!

Grâce à cette diversion, vous descendrez par la face sud, après m'avoir soigneusement désarmé et ligoté. À deux cents mètres, droit devant vous, un camion d'Alcazar vous attendra et vous conduira en sûreté !...

Merci, Pablo. Décidément, cela devient une habitude chez vous: c'est la seconde fois que vous me sauvez la vie!

(1) Voir "L'Affaire Tournesol"

24

Et le lendemain...

Nous approchons : voilà la forêt qui commence. Encore un petit quart d'heure, et nous serons arrivés...

Dites donc, il a l'air bien soucieux, votre jeune ami...

Ah! vous l'avez remarqué, vous aussi ?

Il est inquiet d'être sans nouvelles du général Tapioca...

Si ce n'est que ça !... J'oubliais de vous le dire, le général Tapioca vous recevra demain, dans la matinée, et... Ah! voici la pyramide !...

Qu'en dites-vous ?

Magnifique !... Admirable !... On peut y monter ?

Bien sûr. Mais vous m'excuserez si je ne vous accompagne pas...

Vous y avez déjà été souvent, sans doute ?

Très souvent, oui. Mais Pablo vous servira de guide.

Je vous les confie, Pablo !

Bien, mon colonel.

Soyez prudents : la pente est raide et beaucoup de gens y éprou- vent le vertige !

Merci de votre sollicitude, colonel...

Vous venez, professeur ?

Non merci, capitaine : je préfère rester ici. Vous savez, je suis sujet au vertige et...

Non, non, il faut venir : il doit y avoir une vue splendide, là-haut !

C'est parfait, allez-y sans moi !

Tryphon, je vous en prie ! venez !...

Mais puisque je vous dis que je ne veux pas, sa- perlipopette !...

Mais je ne veux pas, je vous dis...

Il n'y a plus qu'à attendre les Picaros... Voici déjà les cordes pour me ligoter.

Votre conduite est inqualifiable, capitaine!...

Inqualifiable, c'est le mot!...

Ouf! nous y sommes!

Et voici mon pistolet...

Merci, Pablo!

PAN PAN PAN PAN PAN PAN

Ça y est! Les Picaros!... Vite, ligotez-moi!

Adieu, Pablo. Jamais je n'oublierai ce que vous avez fait pour nous!

MMMM... MMM

PAN PAN PAN PAN

Hou!...Ouh! J'ai le vertige!

PAN PAN PAN PAN

PAN PAN PAN PAN

PAN

Le camion!... Sauvés!...

PAN PAN

À côté du chauffeur, vite!

Prenez place, amigo mio!...

Le général Alcazar!...

Et voilà: le tour est joué!... Beau travail, Pablo!

Oh! c'était facile, colonel!

Ici Puma rouge... J'appelle Panthère noire... Allô, Panthère noire?... Vous m'entendez?... À vous...

Ici Panthère noire... Ici Panthère noire... Je vous reçois cinq sur cinq... À vous...

Le camion est en route... Il arrivera dans sept ou huit minutes!... Surtout, ne le ratez pas!

Ce serait rater un éléphant à trois mètres, dans un corridor, mon colonel!... Et ça ne m'est encore jamais arrivé!

Vous voyez que le général Alcazar reste fidèle à ses amis...

Je suis comme ça, moi... Aussi, dès que j'ai reçu votre message, j'ai décidé d'agir...

Notre message?... Vous dites que vous avez reçu un message de nous?...

Bien sûr, celui que Pablo m'a transmis!... Eh bien quoi? ça a l'air de vous surprendre?...

Il y a de quoi!... Car jamais nous ne vous avons adressé de message!... Au contraire, c'est Pablo qui nous a annoncé, de votre part, que notre vie était en danger mais que vous alliez nous tirer d'affaire!

Tout ça sent le traquenard à plein nez, général!

Un traquenard?...Impossible!... Pablo est la loyauté même!...

Mais Pablo nous a menti, à vous comme à nous!... Et dans quel but?

Est-ce que je sais, moi?...

Tout cela m'inquiète... J'ai l'impression qu'on nous a tendu un piège...

Arrêtons-nous, général: le temps de réfléchir...

Pas question! La route est encore longue et il n'y a rien à craindre!

Panthère noire à Puma rouge: le camion est en vue...

Attention! quelque chose traverse la piste, là-bas...

Il y a des jumelles, là, devant vous...

Un singe!... Il vient de s'arrêter pile, comme si quelque chose l'avait effrayé...

...et il fait demi-tour à toute vitesse!... Stop, général!...

Stop?... Vous êtes fou?... Pourquoi?

Stop! je vous dis!

FEU!!

BANG

Vite!... Loin d'ici!... Le prochain obus sera pour nous!

Rechargez!... Plus vite, bande d'empotés! Et ne le ratez plus, cette fois!

FEU!!

BANG

BANG

Panthère noire à Puma rouge : mission accomplie!

Coup au but ?... Bravo, capitaine !... Sont-ils tous liquidés ?...

On est allé s'en assurer, mon colonel !

Le colonel Esponja sera content de vous, Pablo !...

Allô... Allô... J'appelle Puma rouge...

Allô, oui, j'écoute... Qu'est-ce que vous dites ?... Vide, le camion ?... Comment ?... À cause du singe ???... Quel singe ?... Expliquez-vous, espèce d'imbécile !!!

Non, ils n'oseront pas nous poursuivre. Ils savent que nous serons bientôt sur le territoire des Arumbayas, dont ils ont une peur bleue !...

Mes autres guérilleros, ceux qui nous ont permis de fuir en simulant l'attaque, nous rejoindront plus tard par un autre itinéraire... Quant à Pablo, cet ignoble Pablo...

Ce misérable traître, je le ferai dévorer vivant par les fourmis rouges !...

J'avoue qu'à aucun moment je ne me suis méfié de lui...

Charmante promenade, n'est-ce pas, capitaine ?

Charmante : c'est le mot !... Alors qu'on pourrait être tranquillement à Moulinsart, à déguster un petit vin blanc bien frais !...

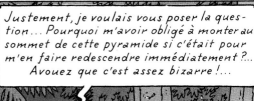

Justement, je voulais vous poser la question... Pourquoi m'avoir obligé à monter au sommet de cette pyramide si c'était pour m'en faire redescendre immédiatement ?... Avouez que c'est assez bizarre !...

Mmmm...

Notez que je ne vous en veux pas, car la vue était réellement splendide !

Là, par terre !... Ma parole, je ne rêve pas !!...

Du "Loch Lomond"?...

Ici, en pleine forêt tropicale ?... Incroyable !!!...

Halte ! ne buvez pas !...

!

Mais c'était simplement pour goûter...

On dit ça !...Et puis toute la bouteille y passe !

Voilà !

Oh !

Wouah !

Et après, on se plaint d'avoir mal à la tête !

Mal à la tête ?... Avec du "Loch Lomond"?...Jamais !

BONG

Ça venait de là !

J'aurais dû m'en douter !...

?

Wouah !

Là : un parachute !...

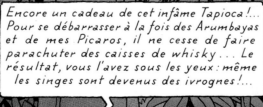

Encore un cadeau de cet infâme Tapioca !... Pour se débarrasser à la fois des Arumbayas et de mes Picaros, il ne cesse de faire parachuter des caisses de whisky... Le résultat, vous l'avez sous les yeux : même les singes sont devenus des ivrognes !...

¡ICEBERG DROIT DEVANT!

?

!

À tribord toute, la barre!

Ça, c'est le coup qu'il a reçu sur la tête!

Voyons, capitaine...

Qui est capitaine ici, vous ou moi?

Vous, bien sûr, vous êtes le capitaine Haddock...

C'est un nom ridicule, ça...Et mon prénom?...

Archibald, non?...

Encore plus ridi-cule...Et vous?

Moi, je m'appelle Tintin.

Grotesque!

Avec tout ça, j'ai perdu mon bateau!...Il s'est probablement envolé!

Voyons, capitaine, un bateau ça ne vole pas!

Ah non?...Eh bien, le mien, il vole!...C'est un bateau-mouche, le mien, na!

Allons, en route! Il faut que nous arrivions avant la nuit au village arumbaya.

Nous nous y arrêterons pour y passer la nuit!...Et...un cigare, amigo?

Non, merci.

...et nous repartirons demain, à l'aube.

...Notez, je vous le répète, que ce n'est pas un reproche, car la vue était réellement très belle, du haut de cette pyramide, mais...

Du haut de laquelle quarante et un siècles nous contemplent, ne l'oubliez jamais, moussaillon!...

...Non, non, les Arumbayas sont devenus nos amis! Au début, ils nous ont fait quelques difficultés. Mais actuellement, il n'y a plus aucun danger...

POF POF POF

TCHAC

Ridgewell!...Vous ne changerez donc jamais, espèce de vieux farceur!... Allons, sortez de votre trou!...

?

Hello, général!!... Hello, Tintin!... Ça fait plaisir de vous revoir!

Heureux de vous retrouver, Ridgewell!...Et vos Arumbayas? Ont-ils enfin appris à jouer convenablement au golf?(1)

Ne m'en parlez pas!...Par contre, ils ont fait des progrès rapides... en ivrognerie, hélas!... Et cela, grâce au général Tapioca!

LAISSEZ-MOI!... TINTIN!... AU SECOURS!...

À moi, Tintin!... À l'aide!... Au voleur!... Au feu!... À la garde!... On me dépouille!

Ha!Ha!Ha!

Zedaniki!...

Ha!Ha!Ha!

C'est bientôt fini, oui ?... Wadesmadana?...

Vous avez vu ?... Tapioca a fait du beau travail, n'est-ce pas ?... Allons, en route : le village est encore loin!

Des ivrognes : voilà ce que des "civilisés" ont fait de ces "sauvages"!...

Et dans la soirée...

Voilà le village arumbaya!

Permettez, mon cher ?... Je vois qu'on est en train de préparer le repas, là-bas...

Hé!Hé!...

(1) Voir "L'Oreille cassée".

32

OOH!!! ? ?

? ?

♪♪♪

Kaloma, le chef du village, nous invite à partager son repas et à passer la nuit sous son propre toit.

Dites-lui que nous le remercions et que nous acceptons de grand cœur. N'est-ce pas, capitaine?

Pare à virer!

N'est-ce pas, pro-fesseur?...?...?

Ah çà! où est-il passé?

Ah! le voilà!...Il était simplement resté en arrière...

Et le soir...

Ça ne vous plaira peut-être pas, mais faites semblant d'apprécier: il faut éviter de les vexer...

Soyez sans crainte...

Bon appétit, professeur!

Moi?...Pas du tout! Au contraire, je raffole de toutes ces nourritures exotiques!

WAOUAOUH!

Ha! Ha!...

WA AAAAH!

"...semble devoir, lui aussi, renoncer temporairement au whisky..."

Le lendemain matin...

Il n'a pas l'air d'aller beaucoup mieux...

Pendant ce temps-là...

...et nos hélicoptères ont repris leurs recherches ce matin. Mais leur mission est difficile, vous comprenez, à cause de la forêt : les fugitifs y sont invisibles... Si, par contre...

Assez de "mais" et de "si"! Il faut à tout prix les retrouver!... et les exterminer!... Au napalm, à la roquette, à la bombe! Tout doit être fini avant le carnaval, vous entendez!

RRRRRRRR

Un hélicoptère!... Mais nous ne risquons rien aussi longtemps que nous nous tiendrons à couvert!

RRRRRRRK

Halte, capitaine, arrêtez-vous!

RRRRRRRR

Stop!... Capitaine, cachez-vous!

Là, à trois heures, un homme!...

RRRRRK!

Arrêtez, capitaine!!!

PLOUF

Eh bien quoi?... Je ne vois plus personne!... Il m'avait pourtant semblé que...

Bon. Ça va. On refait un passage...

Alors, où est-il ton bonhomme?...

FLOUFLOUFLOUFLOUF

GLUB

GLUB

GLUB

Voilà... Tu es satisfait maintenant?...

Vite! le tirer de là!

Et pourtant, je suis sûr d'avoir vu bouger quelque chose!

C'est bon, on y retourne!...

Zut! ils reviennent encore!

Pardon, capitaine!

BLUB ?

FLOUFLOUFLOUF

GLUB GLUB

Tu es vraiment convaincu, cette fois, oui?

Mmmm...

Ouf!... Sauvés!...

C'est probablement un caïman que tu auras vu...

Attention! Derrière vous!...Un caïman!...

Comment?...Quoi?... Qu'est-ce que vous dites?...

Eh bien! vous avez eu de la chance!... Cet anaconda vous a sauvé la vie!

Regardez: il reprend connaissance...

Alors, capitaine?... Ça va mieux, oui?

Dites donc, vous, allez-vous me rendre cette bouteille de whisky, oui ou non?... C'est moi qui l'ai trouvée, non?...

Hourra! il est guéri!...

Du calme, capitaine, on va vous expliquer ce qui s'est passé...

Non mais, c'est vrai à la fin!

? AIIIIE!

Ce n'est rien, capitaine... Un tout petit poisson... Une espèce d'anguille qui s'était glissée sous votre chandail...

KAIIII!

KAÏ KAÏ KAÏ

Oh! mais je vois ce que c'est...

Mais oui, c'est un gymnote... Oui, oui, un petit gymnote: un poisson électrique...

Heureusement pour vous, ce n'était qu'un tout petit! Les plus gros atteignent deux mètres, et une seule de leurs décharges est capable d'assommer un cheval!

Eh bien, c'est une veine que je ne sois pas un cheval!

Bon, je vais le remettre à l'eau...

Et hop!...

Allons, señores, il est temps de se remettre en route: le camp est encore loin et il vaut mieux arriver avant la nuit...

Et dans la soirée...

Nous approchons... Encore un petit quart d'heure, et nous serons chez mes Picaros!

Ils sont nombreux, vos Picaros?

Oh, une bonne trentaine...

Et c'est avec une trentaine d'hommes seulement que vous comptez prendre le pouvoir?... Eh bien, vous ne doutez de rien, général...

Je vous assure que la chose est possible. Mais seulement pendant la durée du carnaval. Ces trois jours-là, l'alcool coule à flots, et la garnison elle-même est complètement ivre!... C'est donc pendant le carnaval que nous devons opérer si nous voulons réussir...

PAN PAN TACATACATAC

39

ASSEZ!

Eh! les gars, voilà le général!!...

Le général?...

Ah! oui, le général!... Vive le général!

Où ça, le général?...

Bonchour, Jef!... On se demandait, hic... ce que tu ét... hic... tais devenu!...

Oui... on était très... hic... z-inquiets...

C'est pour ça qu'on a pris un verre!

Oui... Pour oublier ... qu'on était z-inquiets... hic...

Mais maintenant que tu es là, on est rassurés...

Tout à fait rassurés...

Et on va boire encore un coup... pour fêter ton retour!... Pas vrai, les gars?...

HiPS

Assez!!!... Le premier qui boit encore, je l'abats!!!

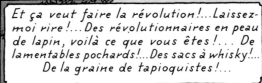

Et ça veut faire la révolution!... Laissez-moi rire!... Des révolutionnaires en peau de lapin, voilà ce que vous êtes!... De lamentables pochards!... Des sacs à whisky!... De la graine de tapioquistes!...

HiC   HiPS

Rentrez immédiatement dans vos cases!... Rassemblement dans un quart d'heure, en tenue de combat!...   Rompez!...

HiPS   HiC

Vous avez vu?

Hélas, oui...

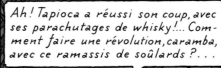

Ah! Tapioca a réussi son coup, avec ses parachutages de whisky!... Comment faire une révolution, caramba, avec ce ramassis de soûlards?...

Alcazar!... C'est seulement maintenant que vous rentrez?!...

AïE

Vous voilà enfin !... Où avez-vous encore été traîner vos guêtres ?

Bonsoir, Peggy, ma colombe !

Vous aviez promis de rentrer le soir même !... Et voilà trois jours que vous êtes absent !

Je vais t'expliquer, palomita mia...

Oui, je sais : toutes les excuses sont bonnes ! Mais moi, on me laisse moisir, ici, dans une misérable hutte de branchages... Ah ! c'est du joli !...

... Monsieur m'avait promis un palais à Tapiocapolis !... Et tout ce que Monsieur peut m'offrir, c'est une vieille paillote pleine de cloportes et de cancrelats !...

Mais...

Et ces gens-là, ce sont vos amis ?... Je les préviens : s'ils croient pouvoir faire la loi ici, ils se trompent !

Merci, chère madame, pour ces bonnes paroles !... Croyez bien que nous sommes extrêmement sensibles à vos souhaits de bienvenue ! Et permettez-moi de vous présenter nos respectueux hommages...

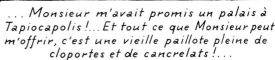

SMACK

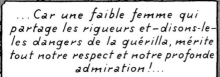

...Car une faible femme qui partage les rigueurs et — disons-le — les dangers de la guérilla, mérite tout notre respect et notre profonde admiration !...

... Et je le pense très sincèrement, chère madame !

Vous venez, Alcazar ?

Oui, ma colombe.

Elle paraît un peu vive, comme ça, au premier abord, mais c'est une nature très généreuse...

Bien sûr, général, ça se voit tout de suite...

Quelle charmante personne !... Quelle grâce !... Quelle exquise féminité !... Quant à ce pauvre homme...

...jamais il ne réussira sa révolution avec une pareille bande d'ivrognes !... Jamais, sauf si on lui donne un coup de main !... Et c'est ce que je vais faire, moi, Tournesol !

Vous !

Vous ?

Non, messieurs, je ne suis pas fou!... Je sais parfaitement ce que je dis!

Voyons, professeur!

Ma sœur ???... Eh bien quoi, ma sœur ?... Que vous a-t-elle fait, ma sœur ?... Je vous prie de la laisser à l'écart de tout cela, ma sœur!... Et puis, écoutez-moi bien...

Je...

Oui...

Vous voyez ces comprimés? Eh bien, ils contiennent un produit que j'ai mis au point, et qui est à base de plantes médicinales...

Ce produit n'a aucune saveur, aucune odeur, et n'est absolument pas toxique. Ceci dit, un seul de ces comprimés, dissous dans une boisson ou dans des aliments, donne un goût abominable à tout alcool absorbé par la suite...

...Et la toute première personne sur qui j'en ai fait l'expérience, c'est vous, capitaine!

MOI?

Vous avez osé faire ça?... Tortionnaire!... Cannibale!... Vous êtes un sinistre farceur!

Je vous répète que ma sœur n'est absolument pour rien dans tout ceci!

Et vous pourriez plutôt me remercier de prendre soin de votre santé!

Du calme, capitaine...

C'est une honte!... Un scandale!... Une atteinte intolérable à la liberté indivi- duelle!... Je...

Parfaitement!...Et hier encore, chez les Indiens, vous avez pu constater vous-même l'efficacité de mon invention...

C'était donc également vous?...

Non, jeune homme, je ne suis pas fou!... Et je vous prie d'être plus respectueux envers un homme d'âge mûr!

Mais, bien sûr, professeur...

Et pour l'amour du ciel, cessez de me parler de ma sœur!...

Ma sœur... Voyons... Ma sœur ???

...Et d'abord, je vais vous dire une bonne chose: je n'ai jamais eu de sœur!... Tenez-le-vous pour dit!

Ah! mais...

Ne le quittez pas, capitaine. Et empêchez-le, momentanément, de donner suite à son projet... Moi, je vais parler au général...

TOC TOC TOC

Oui, entrez!...

Ah! c'est vous, amigo mio!... Entrez donc...

Je... Je ne vous dérange pas?...

Alcazar, votre vaisselle!...

Je continuerai tout à l'heure, palomita mia : c'est promis!

Asseyez-vous, hombre... Qu'est-ce qui vous amène?...

SCRATCH

Encore un cigare?... Ça fait le troisième depuis que vous êtes rentré!...

Tu... tu crois, ma colombe?

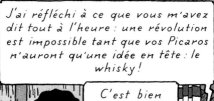

J'ai réfléchi à ce que vous m'avez dit tout à l'heure : une révolution est impossible tant que vos Picaros n'auront qu'une idée en tête : le whisky!

C'est bien vrai, hélas!

Alors, que diriez-vous si quelqu'un parvenait à les guérir de cette triste habitude?...

Mais c'est impossible, amigo.

Et pourtant, si vous réussissiez ça, caramba! je vous donnerais la moitié de la réserve d'or de la Banco de la Nacion!...

Hem...

...enfin, disons le tiers...

Hem...

Voyons...Euh...Dix pour cent, ça vous irait?...

Je ne demande rien de ce genre : pas un centavo, général.

Mais alors, que voulez-vous, amigo? Parlez...

La promesse que votre révolution se fera sans effusion de sang... Qu'il n'y aura ni représailles, ni exécutions capitales, ni rien de ce genre...

Quoi?

Vous êtes fou!... Ou bien vous êtes un traître... que je devrais faire fusiller immédiatement!

Une révolution sans exécutions capitales ?... C'est impensable, voyons !... Ça ne serait pas sérieux !...Et puis, que faites-vous des traditions ?...Hein, qu'est-ce que vous en faites ?...

Non, ce que vous me demandez là est impossible, amigo... Tapioca et ses ministres sont des tyrans sanguinaires et malfaisants...

Ils seront tous fusillés !... Jusqu'au dernier !...Fusillés, vous m'entendez !...

Fort bien, général.

N'en parlons plus...Et excusez-moi de vous avoir dérangé...

Hé ! mais... Attendez... Peut-être que...

Au revoir, général.

BAOUM

Qu'avez-vous fait, malheureux...

Ha ! Ha ! Ha ! c'était pour rire !... Une simple grenade lacrymogène !

Qui a fait ça ?... Que je le fasse fusiller !...

Un de vos Picaros !...Fin saoul, comme d'habitude...

Hem !... Pas facile de réussir une révolution avec de pareils soiffards, n'est-ce pas, général ?...

Ça va, vous avez gagné !... J'accepte votre proposition...

Bien vrai ?

Mais vous me laisserez au moins fusiller Tapioca et ses ministres?... Et son état-major?...Vous n'allez pas me refuser ça!...

Vous ne fusillerez personne, général.

Rien que Tapioca et ses ministres, alors...

J'ai dit: personne! C'est à prendre ou à laisser...

Mais c'est ignoble!... Vous profitez de la situation!... Est-ce que vous vous rendez compte que je vais me couvrir de ridicule?

GRRR

Laissez-moi, au moins, fusiller Tapioca!...Rien que Tapioca, je vous en supplie!...

Non.

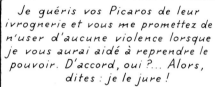

Je guéris vos Picaros de leur ivrognerie et vous me promettez de n'user d'aucune violence lorsque je vous aurai aidé à reprendre le pouvoir. D'accord, oui?... Alors, dites: je le jure!

Je le jure...

Bien, j'ai votre parole...Quant à moi, je vous promets que vos Picaros ne boiront bientôt plus une seule goutte d'alcool!

Bon. Mais gare à vous si vous m'avez donné de faux espoirs!... C'est vous que je ferai fusiller en tout premier lieu!...Compris?

Compris!

Ah! vous voilà!

?

Il a perdu quelque chose?...

Oui, il doit avoir perdu quelque chose...

Vous avez sans doute perdu quelque chose?...

Non, non, j'ai perdu quelque chose...

Le tube de comprimés dont je vous ai parlé tout à l'heure... Je ne le retrouve plus!... Bizarre, n'est-ce pas?...

Dites donc, ça vous contrarie tant que ça qu'il ait perdu ce tube?

Je crois bien!... J'ai promis au général que ses Picaros cesseraient bientôt de boire!...

Vous avez promis ça?...

Oui. Il est évident que si ses hommes continuent à se saouler, il ne pourra jamais faire sa révolution!

Et après?... On s'en fiche royalement de sa révolution, non?...

Non, on ne s'en fiche pas, capitaine...

...car nos amis les Dupondt, la Castafiore, Irma et Wagner sont en danger!... Et ils ne seront sauvés que si Alcazar triomphe de Tapioca et prend le pouvoir!

Diable! mais c'est vrai ça!...

Bon, eh bien, le voilà ce fameux tube! Je le lui avais chipé pour l'empêcher de guérir les gens contre leur gré!...

?

Soyez gentil: rendez-le-lui vous-même... Il vous en sera tellement reconnaissant...

Si vous voulez...

Ne serait-ce pas ça que vous cherchez, par hasard?...

!

Dans mes bras, capitaine!...

SMACK

Grâce à vous, ces malheureux vont être enfin délivrés de leur passion pour l'alcool!... Comme vous, capitaine!...

Tintin!... Tintin!...

La voix du général!

Venez vite, amigo: la télévision retransmet le procès de vos amis!

!

La télévision?... Ici?... Ils doivent avoir un grou-pe électrogène...

...nière audience du procès des conjurés de Moulinsart, dont les débats ont été télévisés sur l'ordre de notre bien-aimé Président, le général Tapioca, afin que le monde entier puisse voir avec quelle impartialité la justice est rendue dans ce pays...

Non mais, quel culot!...

Chut!

Rappelons l'inqualifiable attitude de ceux que notre bien-aimé Président avait courtoisement et généreusement invités à venir s'expliquer en toute liberté dans notre pays! Jetant cyniquement le masque, le capitaine Haddock, le professeur Tournesol et le reporter Tintin ont profité de l'occasion pour aller rejoindre dans le maquis leur complice Alcazar et ses malfaisants Picaros!

Ce geste seul suffit à prouver que les graves accusations portées contre les trois inculpés étaient particulièrement justifiées. Mais retournons maintenant au Palais de Justice où le procureur général vient de commencer son réquisitoire...

...Vous avez devant vous, messieurs, deux sinistres individus qui, pour commettre plus aisément leur odieux forfait-c'est-à-dire, faut-il le rappeler encore...

...assassiner notre Président bien-aimé-n'ont pas hésité à se faire passer pour d'honnêtes policiers!... Mais leur ruse grossière n'a trompé personne!... Voyez ces fronts bas, ces regards fuyants!

...En un mot: voyez ces faces de brutes!...Ça des policiers?...Des imposteurs, des fourbes, des tueurs!

...Et qui, pour prendre l'aspect de loyaux partisans du général Tapioca-et de la noble idéologie de Plekszy Gladz-ont poussé la duplicité jusqu'à porter la moustache!

C'est faux!... Nous portons la moustache depuis notre plus tendre enfance!...

Parfaitement... Depuis notre plus france entendre!

Silence!... Vous parlerez quand vous serez interrogés!

...Messieurs, pour ces deux misérables, qui ne peuvent se prévaloir d'aucune circonstance atténuante, je réclame LA PEINE DE MORT!

Vous voyez... Ils n'hésitent pas, eux!...

La peine de mort!!!... Ils n'y vont pas de main morte avec le dos de la cuiller!...

Je dirais même plus: ils n'y vont pas avec le dos de la cuiller à pot!...

...Mais le véritable cerveau du complot-et nous avons ici des documents qui le prouvent de manière irréfutable-c'est une femme!!!...

Une femme-on devrait dire un monstre!-et qui a mis son talent, son incontestable talent, au service de la haine: j'ai nommé Bianca Castafiore, "le Rossignol milanais"!...

...contre cette sirène au cœur de vipère, contre ce monstre à la voix d'or, je demande, je requiers, j'exige : LA PRISON À VIE !

La vengeance est un plat qui se mange froid ! Ah ! Ah ! Ah !

Ah ! Ah ! Ah ! comme vous dites !

La prison à vie ?...Ai-je bien entendu ?... Mais vous êtes grotesque, militaire !

SILENCE !!!

... Ou alors, fou à lier, mon pauvre ami !...

SILENCE !!!

Vos documents irréfutables !... FFFT !... Fabriqués de toutes pièces !... J'en ris, moi, de ces documents...

SILENCE !!!

Oui, j'en ris, parfaitement...

... J'en ris, je vous dis !!! Ah ! Ah ! Ah ! oui je ris...

AAAH ! ♪♫ JE RIS ♫♪

DE ME VOIR ♫♪ SI BELLE ♫♪

SILENCE

Faites évacuer la salle !

Aux armes !

En pleine forme !...

TCHIP TRRRIIT TCHIP TCHIP

Interlude

VEUILLEZ EXCUSER CETTE INTERRUPTION

Vous vous rendez compte !... Les Dupondt condamnés à mort !... la Castafiore à perpétuité !... Comment les sortir de là ?...

En déclenchant la révolution !... Et cela ne sera possible que lorsque...

...votre ami Tintin aura tenu sa promesse, c'est-à-dire : lorsque mes Picaros auront cessé de boire !...Tout dépend de ça, à présent !...

Lynchons-le !

À mort, l'espion !

Au secours !...

À moi !... À moi !... Au secours !...

Le professeur !

À mort, le traître ! Pendons-le !

Un traître, mon général !... Un saboteur !... Nous l'avons surpris au moment où il vidait tout un tube de comprimés dans la marmite !

Il voulait nous empoisonner, sans aucun doute !... Il faut le fusiller, le misérable !

Général ?

Oui ?

.............?
.............!
!!

Soyez tout à fait rassurés, mes braves Picaros, cet homme est un ami sincère : je m'en porte garant !... Loin de vouloir vous empoisonner, il vous donnait des vitamines C... Et pourquoi cela ?... Tout simplement pour vous aider à triompher plus sûrement de l'infâme Tapioca !

Vous êtes certain ?

Ah ! bon !...

Sûr et certain !... Mangez sans crainte !... Je vous donne ma parole d'honneur que ça ne vous fera aucun mal !...

Ils ne vous ont pas trop malmené, au moins ?...

Demain ?... Bien avant ça !... Dans deux heures, tout au plus, mes comprimés auront produit leur effet...

Et, à partir de ce moment-là, plus aucun de ces hommes ne pourra supporter une seule goutte d'alcool !... Comme vous, capitaine !... N'est-ce pas merveilleux ?...

MMMMMM !

Dans mes bras, hombre !

MBLL...

Et pour vous prouver ma reconnaissance, je vous fais grand cordon de l'ordre de San Fernando !...

Un verre d'eau ?... Avec joie !... Bien fraîche, s'il vous plaît...

Le général a beau dire, moi, je ne mange pas de ce rata...

On ne sait jamais, avec tous leurs produits chimiques...

49

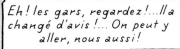

Tiens, un aut...hic!...tocar!...

Ah! ce n'est plus un éléphant rose, aujourd'hui?

Tapiocapolis, c'est encore loin?...

Tapiocapolis?... Mais vous vous êtes complètement trompé de chemin!

Flûte!... Est-ce que quelques-uns de ces soldats ne pourraient pas nous escorter?... Il paraît qu'on risque de tomber sur de dangereux guérilleros par ici, ceux qu'on appelle les "Picaros"!...

C'est-à-dire que vous y êtes précisément, chez ces Picaros!...

Vous êtes sûr?...

Et ce sont de vrais guérilleros?...

Ça fait très "Club Méditerranée", tu ne trouves pas?

Dites-moi, mon brave, où peut-on acheter des cartes postales?

Des cartes... hic... postales?...

Il doit bien y avoir une boutique de souvenirs quelque part...

Non mais sans blague, qui voilà?...

Séraphin Lampion!...

Ça c'est plus fort que du roquefort!... Alors, vieille noix, on est en vacances?

Non!

Dis plutôt que tu as voulu nous faire une surprise et nous accueillir au carnaval de Tapiocapolis!... Ça va être un succès, cette année, grâce à nous!...

Grâce à vous?...

Voyons, tu connais tout de même les Joyeux Turlurons, cette société philanthropique?... C'est nous, ça!... Et leur président, c'est bibi!...

Ah! Ah!

Et c'est moi aussi qui ai créé leur costume!... Pas mal, non?

Très original!...

Qu'est-ce que c'est que cette mascarade ?

Qui c'est celui-là ?

Le général Alcazar, le chef des Picaros !

Salut, vieille branche ! Alors, comme ça, c'est toi le patron de cette bande de pochards !

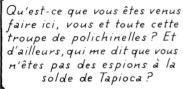

Qu'est-ce que vous êtes venus faire ici, vous et toute cette troupe de polichinelles ? Et d'ailleurs, qui me dit que vous n'êtes pas des espions à la solde de Tapioca ?

Deux mots, mon général, si vous permettez...

... ...
??? ... ...
... ... ??
... ??? ...

☼☼☼ "⚙ ✉ .. ☆ ..
CLAC...TR2TRRRR..
RR...TING ½CLANG
$\frac{m}{c}$ 2 ⊙ ..CLIC?
☼×3.1416... !!!!

TILT

Tintin, amigo mio !... Vous êtes génial !... Si, si, véritablement génial !...Vous serez décoré de l'ordre de San Fernando !...

Merci, mon général !

Bienvenue chez les Picaros, señor.

?

Et excuse-moi, amigo mio : je ne savais pas qui tu étais !... Mais les amigos de nos amigos sont nos amigos : tu es ici chez toi !...

Et ce soir, hombre, toi et tous tes Turlurons, vous êtes mes invités !... Si, si, ça va être une fiesta formidable, tu verras, avec du whisky à gogo !...

Que lui avez-vous dit ?...

Vous le saurez bientôt, sans doute...

Et le soir...

Ce qu'il a, ce whisky ?... Il est infect, tout simplement !...

Pouah!!!

Mais il est très bon, au contraire !

♪C'EST NOUS ♪ LES JOYEUX TURLURONS...♪ ♪DIGUEDONDAINE... ♪DIGUEDONDON... ♫

Et le lendemain de la veille...

?

Alcazar!...Alcazar!... Il est l'heure de préparer le petit déjeuner!...

Alcazar?...Où êtes-vous encore?... Allez-vous me répondre, à la fin ?...

Alcazar!... Répondez!... Cette plaisanterie a assez duré !

?

à la Señora Alcazar

Salut, Tryphon!...Dis donc, tout le monde dort encore dans cette boutique ?...

Des moustiques ?... Ne m'en parlez pas !... Une véritable calamité !...

Hjiiiiijiiiiijii! LE MONSTRE! ¡IL EST PARTI!

Ma colombe,
Je suis partit faire la révolussion contre set infamme Tapioca. Quant se serra fini tu aurat le pallet ♥ que jeté promit!
Grosse bise de ton
Zazar
Jé emprinté le car des, ♥ Turluronts et je laisse quelquezuns de mes Picaros veyer sur toit.
E.A.

53

Ces Turlurons, caramba! le ciel nous les a envoyés!... Grâce à eux et à votre ami Tournesol, je serai bientôt au pouvoir...

Et c'est mal les récompenser, ces braves gens, que de filer ainsi avec leur car et leurs costumes. Mais c'était la seule façon de sauver nos amis...

Et puis, d'ailleurs, je saurai magnifiquement leur prouver ma reconnaissance: ils seront tous décorés de l'ordre de San Fernando, dès que j'aurai triomphé de cet infâme Tapioca!...

Demain, dans l'après-midi, nous arriverons à Tapiocapolis (qui s'appellera bientôt Alcazaropolis!), pour la première journée du carnaval. Avant d'entrer en ville, nous aurons minutieusement mis au point notre plan d'action...

Nous aurons revêtu les costumes des Turlurons et nos armes seront à portée de la main...

Avec défense de s'en servir!...

Le lendemain après-midi...

Attention, mes braves Picaros, nous arrivons. Que chacun d'entre nous se rappelle bien ce qu'il a à faire...

VIVA TAPIOCA

DON DE LOCH LOMOND

Pendant ce temps-là...

N'y a-t-il vraiment aucun danger à laisser tous ces gens arriver jusque sous nos fenêtres, mon général?.. Vous êtes à la merci du premier Picaro venu...

Aucun danger, colonel.

...Même si, par extraordinaire, des Picaros armés arrivaient à se mêler à la foule, ils seraient tellement ivres qu'ils rateraient leur coup!... Car, vous le savez, mes parachutages de whisky ont été un succès total...

...Mes services secrets sont formels : les hommes d'Alcazar ne dessoûlent pas!...Et ils seraient tout à fait incapables de mener une action quelconque, ces pauvres types...

Terminus, les gars!

Tout le monde descend!

Attention, capitaine, jouons bien notre rôle!...

Soyez tranquille!

♫ C'EST NOUS ♪ LES JOYEUX ♫ TURLURONS...♪ DIGUEDON-DAINE...♪ DIGUEDONDON...♫

D'où sortent-ils ces gens-là?...

Le programme le dit : "Les Joyeux Turlurons, groupe folklorique d'Europe occidentale"...

Joli groupe, ma foi!... Et quel rythme!... Voyez comme ils entraînent nos gardes dans leur farandole!

Attention!... Au prochain digue-dondon, on sort le chloroforme...

DIGUEDONDON!

?

Mettez-le avec les autres sous le porche. Vos armes y sont déjà...

Ah! Ah! ce qu'ils sont cocasses!... Faites-en monter quelques-uns: je veux les voir de plus près, ces joyeux drilles!...

À vos ordres, mon général!

Vous vouliez nous voir?... Nous voici, mon général!... Et joyeux carnaval!

?! ! ?

Quelle est cette plaisanterie?

Ce n'est pas une plaisanterie, mon petit Tapioca!... Regarde-moi!...

ALCAZAR!!!

Général Alcazar, s'il vous plaît, EX-général Tapioca!...

Dites, capitaine, vous avez reconnu l'officier, là, à côté du colonel Alvarez?

Tonnerre de Brest! Sponsz!...

Mon cher Tapioca, tu vas lire bien gentiment ce petit texte qu'on t'a préparé. Naturellement, nous aurons soin de l'enregistrer sur bande magnétique...

Jamais je ne lirai ce texte!

Il ne faut jamais dire "jamais", amigo!...

C'est bien: je cède à la violence, mais je proteste!

Allons, vas-y!... Et mets-y de la conviction!...

Ouvriers, paysans et soldats... Ce jour du carnaval va marquer, pour notre chère Patrie, un tournant de son histoire...

...Aujourd'hui, en effet, j'ai décidé de remettre tous mes pouvoirs au général Alcazar qui, désormais, mènera notre Pays bien-aimé sur la voie du progrès économique, social et culturel!... Vive le San Theodoros!... Vive le général Alcazar!...

Merci, mon cher: voilà des paroles qui vont faire sensation à la radio...

Voilà, c'est "dans la boîte"!... Toi, Pedro, avec ton groupe, tu files à la Maison de la Radio et tu fais diffuser immédiatement cette déclaration...Compris?

O.K.!

Toutes mes félicitations, mon général!...Et mort à Tapioca!... Faut-il le faire fusiller tout de suite ?...

Vive le général Alcazar!

Mort à Tapioca!

Vive le général Alcazar !

Pas question de le fusiller : il aura la vie sauve!...

Mais, mon général, c'est contraire à toutes les traditions. Le peuple serait déçu...

Le colonel a raison, général : de grâce, ne me faites pas grâce! Vous voulez donc me déshonorer?

Je me permets d'insister, mon général...

Ma décision est irrévocable : je vous laisse la vie sauve. Un avion se tiendra à votre disposition et vous conduira où il vous plaira d'aller.

Mais vous êtes fou ?...

Moi, non!... Lui!... Ce garçon m'a fait jurer sur l'honneur que mon coup d'État se passerait sans effusion de sang!...Je suis désolé...

Venez, allons saluer ce cher Sponsz...

Je vois : un idéaliste, n'est-ce pas ?... Ces gens-là ne respectent rien, hélas! pas même les plus vieilles traditions !

Oui, triste époque...

Ravi de vous revoir, colonel Sponsz!

Ne craignez rien, vous non plus, Sponsz!...Il paraît qu'on se languit de vous en Bordurie. Votre billet d'avion pour Szôhôd sera prêt dès demain...

Ici, encore un type qui essayait de fuir!...

Tintin!... Je suis perdu!

Pablo!

Grâce, señor Tintin, grâce! Ne me faites pas fusiller!...

C'est pourtant tout ce que tu mérites, espèce de cloporte!

Rassure-toi, Pablo, il ne te sera fait aucun mal! Tu m'as un jour sauvé la vie: je ne l'ai jamais oublié. Va, je te rends la liberté... Adieu, Pablo!

Vous avez tort, Tintin! Et vous le regretterez un jour!... Souvenez-vous qu'un bienfait ne reste jamais impuni!... Et je dirais même plus...

Mon Dieu! Les Dupondt!

Les Dupondt, mon général!... Les Dupondt!... Ils risquent d'être exécutés d'un moment à l'autre!

Ah! oui... Vous croyez?...

Oui, mon général, l'exécution doit avoir lieu dans ... dans vingt-deux minutes, très exactement!

Vite, téléphonez à la prison et annulez l'ordre d'exécution!

Bien, mon général!

TuuuT · · · · TuuuT

...nutes trente secondes... Bip... Seize heures trente-huit minutes quarante secondes... Bip... Seize heures...

Vous l'avez fait exprès! Formez le bon numéro, cette fois, sinon je vous fais fusiller!...

TuuuuuuT · · · · · · · TuuuuuuT

...ondes... Bip... Seize heures trente-neuf minutes dix secondes... Bip...

Si ça ne va pas cette fois-ci, je fais fusiller le ministre des Communications!

Le numéro que vous avez formé n'existe pas... Veuillez renouveler votre appel...

Plus qu'une chose à faire: filer à la prison et les délivrer nous-mêmes!

Emmenez le groupe B avec vous! Le colonel vous guidera. Et gare à lui si vous arrivez trop tard !

Vite!... vite, au nom du ciel!...

Pendant ce temps, à la prison...

Je suis désolé, messieurs, mais il faut y aller : c'est l'heure...

... Et l'heure, c'est l'heure.

... Je dirais même plus : l'heure, c'est l'heure !

Vous verrez : un mauvais moment à passer, mais vite oublié...

Ici Radio nationale du San Theodoros. Nous interrompons un instant nos émissions. Son Excellence le général Tapioca vous parle...

Une voiture !... Il faut réquisitionner une voiture !...

Inutile ! Aucun véhicule ne pourrait circuler dans cette foule...

Que faire alors ?

Et ce char, dites donc ?

Quoi ? vous voudriez...

Bien sûr, c'est la seule solution !

Continuez à jouer, vous autres !

Continuez ! Ne vous arrêtez pas !

3

Et vous, chauffeur : à la prison centrale !... Et à toute vitesse !

À toute vitesse ?... Avec ce bahut ?... Vous en avez de bonnes, vous !

Pendant ce temps-là...

Nous bander les yeux ?... Jamais de la vie : un Dupont veut voir la mort en face...

Je dirais même plus : un Dupond veut voir la fort en masse !...

Encore une chance pour vous : cette musique donne un petit air de fête, pas vrai ?

Pourvu qu'on arrive à temps !

Apprêtez !... A-r-r-r-mes !

Ne tirez pas !... Haut les mains, tous !... Et jetez vos armes !...

Tu n'aurais pas une parole historique, par hasard ?...

Euh... "Santhéodoriens, je vous ai compris !"... Ça irait, tu crois ?...

En jou-ou-ou-e !

Et quelques instants plus tard...

Il était moins cinq, n'est-ce pas ?

Je ne sais pas : ma montre est arrêtée...

Et les amis de ces messieurs, où sont-ils ?

Je vais vous conduire, mon colonel !

Ils ont été très bien traités, mon colonel : ils vous le diront eux-mêmes...

Je l'espère pour vous.

Voilà la cellule de la señora Castafiore : on vient justement de lui apporter son repas...

...et c'est la toute dernière fois que je vous le dis !...

...Mes pâtes, je les veux cuites juste à point, vous m'entendez : "al dente", comme on dit chez nous, en Italie...

Madonna !... Le capitaine Karbock !

Dans mes bras, caro mio !... Dans mes bras !

Non !...

Je savais bien que vous viendriez me tirer de là !...

Hum ! voici le señor Igor Wagner, madame...

...et votre cameriste...

Ma bonne Irma, comme j'ai dû vous manquer !

Ah ! quelle joie d'être de nouveau tous réunis ! Il faut absolument que je chante !

Non ! Non !

Non !

Surtout pas !

Ça y est : l'armée, la marine et l'aviation se sont rangées à mes côtés !…Caramba ! c'est un véritable triomphe !…

Et ça, c'est un peu grâce à vous… Si, si, si… Mais Alcazar n'est pas un ingrat : vous serez décorés de l'ordre de San Fernando !… Quant à vos cinq pour cent…

Ne parlons plus de ça, général…

Mon général, le car que vous avez envoyé au camp pour ramener la señora Alcazar et les Turlurons est de retour.

C'est bien. Faites entrer tout le monde.

Ah ! vous voilà, vous !… Qu'est-ce que c'est que ces façons de filer à l'anglaise !

Je t'expliquerai, palomita mia…

Señor Lampion, je tiens à vous marquer ma reconnaissance, et celle du peuple santhéodorien tout entier, pour l'aide que vous avez apportée à la Révolution : je vous décore tous, vous et vos Turlurons, de l'ordre de San Fernando, et je vous invite d'ores et déjà au carnaval de l'année prochaine.

Et vous aussi, señor professeur, pour le rôle important que vous avez joué, je vous fais chevalier de l'ordre de San Fernando…

Non merci, mon ami, jamais entre les repas.

Vive Alcazar !…C'est un malabar !…

Quant à toi, ma colombe, je t'avais promis un palais ! Eh bien, j'ai tenu parole : tout ceci est à toi, désormais…

Facile à dire !… On voit bien que ce n'est pas vous qui devrez entretenir tout ça… Et commencez par ne plus laisser tomber vos cendres un peu partout !…Vous avez compris ?

Eh bien, je ne serai pas fâché de me retrouver chez nous, à Moulinsart…

Moi aussi, capitaine…

Et moi aussi, mais alors, avec un peu de moutarde…

VIVA ALCAZAR

FIN

Imprimé en Belgique par Casterman imprimerie S.A., Tournai.
Dépôt légal : 1ᵉʳ trimestre 1976 ; D. 1976/0053/12.